KB106813

아주 붉은 현기증

아주 붉은 현기증

천수호 시집

민음의 시 153

민음사

自序

폐교 운동장 구석,
서녘 하늘로 기운 태양에 아직 달아 있는 몽돌 하나
어디에서 와서 그 어색한 자리에 앉아 있는 걸까
홀로 품으려 애쓰는 자리, 혼자 바다를 그리워하는 자리

내게 시는 연민에서 출발한 사물 이해법
그것이 사물을 보게 한, 또는 보이게 한 시력이다
내 시 속에 늘 오도카니 있는 존재들,
그 외딴 것들이 느끼는
아주 붉은 현기증

2009년 3월
천수호

차례

2부

3부

1부

저수지 속으로 난 길

　돌 하나를 던진다 수면은 깃을 퍼덕이며 비상하려다 다시 주저앉는다 저수지는 참 많은 길을 붙잡고 있다 돌이 가라앉을 때까지만 나는 같이 아프기로 한다 바닥의 돌은 더 이상 움직이지 않는다

　사람들이 돌을 던지고 반지를 던지고 웃음과 울음을 던진다 그러나 물은 한 번 품은 것은 밀어내지 않는다 물 위의 빈 누각처럼 어둡고 위태로워져서 흘러가는 사람들 저수지는 그들의 좁은 길을 따라가지 않는다

　삐걱거리는 목어가 둑 아래 구불텅한 길을 내려다보려고 몸을 출렁인다 잉어는 물 위의 빈집이 궁금하여 주둥이로 툭툭 건드린다 잉어와 목어의 눈이 잠깐 부딪친다 마주보는 두 길이 다르다

　떡갈나무 갈참나무 졸참나무가 뒤섞여 길을 이루고 있다 떨어진 잎들이 제 이름을 찾지 못한 채 저수지로 흘러든다 길을 끊는 저수지에 나는 다시 돌을 던진다 온몸으로 돌을 받는 저수지, 내 몸속으로 돌이 하나 떨어진다

가마우지 바다

짧고 어두운 순간이 휙, 지나갔다
가마우지 그림자다

내 머리 위를 스쳐 그의 머리 위로 날아가는 동안,
새는 내 그림자 한쪽을 찢어다가
그의 머리 위에 툭 떨어뜨린다

쭈뼛 솟구치는 머리카락,
가마우지를 올려다보는 그의 얼굴이
금세 캄캄해진다

다시 새는 그의 몸 안쪽에서
그림자 한 조각을 꺼내 물고 난바다로 날아간다
모래 바닥에 끌리는 찢어진 그의 그림자,
그 자력(磁力)이 끈끈하다

(새와 그림자 사이,
자석을 들이댄 책받침처럼
빳빳한 수평선!)

수평선을 가운데 두고 사진을 찍는다
검은 바다 한 장이 호치키스처럼
가마우지를 찰깍, 깨문다

부리까지도 깜깜한 지독한 그늘이다

그늘

한 마리 이구아나다
10층 베란다에서 내려다본 등나무 숲
미끄럼틀이 밀어낸 아이가 말려 들어간다
발끝에 시달리던 빨간 공이 밟혀 들어가고
뒷골목 그늘을 씹던 도둑고양이도 빨려 들어간다
우툴두툴 잔비늘 세우는 이구아나는 잡식성이다

삼킨 먹이들 통통히 살쪄 걸어 나온다
이구아나 배 속에서 알을 꺼내고
감쪽같이 꿰매 놓는다는 인디오들처럼
등나무가 보듬는 그늘은
훔쳐도 다시 자라는 이구아나 알이다
얼기설기 꿰매어진 배 어루만지는 넝쿨
알을 찾는 것인지
세상 온갖 것들 다 품어 보고 있다

빳빳한 햇살이
미끄럼틀 핥고 내려오는 동안
입 냄새 지독한 허공 밀어내며

몸만 들썩이는 이구아나
저녁이 오면 버려지는 저 그늘은
누군가 깨뜨려 먹고 간
노란 알껍질이다

빨간 잠

그녀의 아름다움은 졸음에 있다

빳빳 헛헛한 날개로 허공을 가린 저 졸음은
겹눈으로 보는 시각의 오랜 습관이다

'아름답다'라는 말의 벼랑 위
붉은 가시 끝이 제 핏줄과 닮아서
잠자리는 잠자코 수혈받고 있다

링거 바늘에 고정된
저 고요한 날개
잠자리의 불편한 잠은
하마, 꺾이기 쉬운 목을 가졌다

아름다움은 저렇게
알면서도 위태롭게 졸고 싶은 것
등이 붉은, 아주 붉은 현기증이다

오래 흔들린 가지 끝

저기 저 꿈속인 양 졸고 있는
등이 붉은 그녀

그녀의 아름다움은 위태로움에 있다

요긴한 가방

씨앗도 아니면서
들썩거리는 봄 씨앗같이 입 헤 벌리고
잠에 취한 사람들,
자정이 넘은 지하철 안은 헐렁헐렁하다
씨앗마다 흔들리는
가방 하나씩 품었다
이제
씨방은 입이 아니라 가방이다
가방 속에는
꽃잎 덧칠하는 붉은 립스틱과
꽃술 올리는 마스카라
풀잎색 아이섀도가 들어 있다
입을 꼭 다문 여자가
가방만 꼭 껴안은 그녀가
박쥐처럼 매달린 TV 화면을 본다
지하철이 가방처럼 품고 있는 텔레비전
열차가 흔들릴 때마다 뉴스 자막도 흔들린다
흔들림은 애초에 달래고 어르는 몸짓이었듯
화면에 중독된 그녀도 잠든다

이내 벌어지는 색 바랜 입술
가방을 놓치면 피울 수 없는 새잎과 새 꽃술
가방은 이제 어디든 따라간다
길만 따라가는 이 도시도
하나의 요긴한 가방이다

미래 미러

전봇대가 백미러를 달고 있다
앞뒤 분별없는 전봇대가
달리는 백미러 속 쑤셔 박힌 제 몸의 시위를
쑤욱 당기고 싶었던 게다
허전한 옆구리를 채우고 싶었던 게다

뜯겨 나간 광고지의 흔적으로
근질해진 전봇대
전깃줄이 팽팽히 지탱하고 있다
군말 없이 갈라서는 모퉁이
누가 저 무거운 안구를 매달아 놓았나
본적도 없이 더께가 앉은 주소들
질긴 광고 쪽지 속 남은 이름으로
길바닥 군더더기 죄다 품고 있다

뚬벅뚬벅 발걸음 소리 들리면
전봇대는 허리춤에서
손거울 하나 쓰윽 꺼내 당겨 본다
그때마다 두근거리며 딸려 오는 길

보도블록이 구근처럼 얽혀 있다
한 무리의 남자들이 서로 주먹질하고
백미러는 플래시를 터뜨린다
두툼해져 가는 스냅사진 한 묶음
까치발로도 볼 수 없는 길을
전봇대는 깊게 한번 후벼 파고 싶은 게다

외도(外道)

처음 알게 된 지명, 문막
꼬막이라는 꽉 다문 조개 이름이거나
문학이라는 내 측근 학문같이 서늘한
문막 휴게소

숙여 들어가거나 들고 나와야 할 것같이
어떤 치렁한 막이 있는 지명

설레거나 깜깜하거나 두 개의 극단 심리를 가지게 하는
문과 막

휴게소란 그런 것
누구에게나 쉽게 열어젖히는 가을 서정의 피막 같은 거

지명을 간판으로 내건 휴게소에서
잠깐 서성이다 돌아갈 뿐
아무도 그 마을로 들어가지 않는다

깊숙이 살 숨겨 놓고

껍데기만 들었다 놓는 꼬막의 늦고 더딘 외도가
문막에 와서야 덜컥 걸린다

이름 속으로 걸어 들어간 여자

한 여자 나무둥치처럼 뻗어 있다
딱딱하고 누릇누릇한 껍질 쓰다듬으며
몸속 깊이 동면하는 그녀의 잎을 흔든다
당신 누구죠?
그녀는 이름이 갖는 굴종이 버거워
파르르 떨기만 하고 그 이름 좀처럼 말하지 않는다

그녀 속에는 아흔아홉 개의 잎사귀와
여든여덟 개의 꽃잎이 있고
이름은 나무하고도 줄기쯤에 걸려 있다
집이 어디예요?
딸깍딸깍 발목 걸린 사각 서랍처럼
안간힘 안간힘으로도 열리지 않는다

젖니 품은 잇몸처럼 붉게 부푼 꽃멍 자국들
햇살 발톱이 콱 움켜쥐고 흔든다
어디 아프세요?
하이힐이 벗겨지고
복사뼈 위 손톱으로 긁힌 수피 사이로도

도대체 초성(初聲)을 발아하지 않는다

머리는 공원 쪽으로
발은 공단 쪽으로 길게 뻗고 누운 여자
경멸하는 눈빛으로 겨울 햇살 꼬나보며
저 햇살 저 햇살 때문이에요 라고 말·할·듯 말·할·듯
비척거리며 일어나
어두컴컴한 골목의 아가리 속으로 걸어 들어간다
이름을 알 수 없는 겨울나무 한 그루가
그녀 몸에서 슬쩍 빠져나간다

낯선 이의 눈발

눈발이 바다를 열고 들어가듯

나는 그의 방문에 열쇠를 꽂는다

찰칵,
바다에도 눈은 그렇게 떨어진다

그의 방이 나를 받듯이

눈이 밀고 들어온 자리
바다가 스르륵 열리는 자리

바닥을 슬쩍 닦아 놓고 나가는 나를
그가 모른 척하듯

녹아드는 눈발을 알은체 않는
저, 바다

눈발이 바다로 떨어진다

낯선 이가 바다를 연다

에주룩*

그것은 돌의 이름
무릎을 구부리면 붉은 개미 같은 네가 보인다
너의 우주는
아틀라스산맥의 고산지대인 우카이마단
너는 거기서 아기집만 한 붉은 집을 지었다
비가 오지 않는 그 땅은
바람 헝클이는 모래만 버석거려
헌 집 줄게 새집 다오
헌 집 줄게 새집 다오
너는 쉼 없이 도닥거리고
나는 언덕에 엎드려 한 마리 두꺼비로 할딱였다

지붕이 낮은 마을 우카이마단
헌 집도 새집도 에주룩으로 지었다
흙의 주먹 에주룩이 쌓은
움츠린 두꺼비도 기어들어 가는 붉은 집채들
언덕에서 내려다보면 이내 흙과 뒤섞여 버린다
겨울 두꺼비 땅속으로 파고들듯

헌 집 새집 가리는 내 몸집도 지금
흙으로 주룩주룩 흘러드는 중이다

* 모로코의 아틀라스산맥 고산지대에 우카이마단이라는 마을이 있다. 이
마을 사람들은 그곳 말로 '에주룩'이라는 돌을 쌓아 집을 짓는다.

장미꽃 점자

손가락은 그 어디에도 싹을 틔우지 않아
그냥 건반을 두드릴 뿐이야

잇몸 불려서 하늘 부풀린 저 풋잎 악보와
허공에 우산 펴는 먹구름 쉼표로
아이가 피아노를 친다

하늘로 뻗쳐오른 장미 덩굴 휘감으며
리타르단도 리타르단도
건반악기의 리듬이 따라 오른다

손톱 밑으로 흐르는 강물과
덩굴 끝에 맴도는 핏물이 글썽이며 합수한다
손가락이 벌어져 순식간에 싹이 나고
소용돌이치며 창밖으로 날아오른다

장미의 이름으로 두드리는 노래가
이미 눈멀게 했지만

손가락은 그 어디에도 꽃피우지 않아
검고 흰 피아노 동공이 향기만 먼저 열어 본 거야

사다리 위에 올라앉은 연인들

그와 그녀는 한지붕 아래 살았다
그녀의 머리칼은 기와지붕을 떠받치는 서까래였다
한쪽 팔이 없어진 그녀와 목울대가 없어진 그가
가느다란 다리로 버텼다
그녀의 콧수염은 길어져 갔고 그의 아미는 좁아져 갔다
그녀는 헐렁한 웃옷을 치마 대신 입었고
그는 민소매 통원피스를 입었다
그녀는 컵의 손잡이처럼 호주머니에 한 손을 넣고 다녔고
그는 젖은 옷으로 양손을 닦았다
늦여름까지 뻗친 장마의 혓바닥이 안방 바닥을 핥았다
그는 쪼그리고 앉아 바닥을 닦았고
그녀는 지붕 위로 올라가 기왓장을 손질했다
사닥다리를 타고 내려오는 그녀를
그가 벌벌 떨며 붙잡았다
그녀의 손과 그의 손이 맞잡혔다
그녀가 내려와야 할지 그가 올라가야 할지 엉거주춤했다
기우뚱거리는 사다리 사이로 해가 졌다
그들 위로 하늘이 비닐 랩처럼 지나갔다

새소리마을

　지빠귀 소리로 소통하는 마을이 있다 지빠귀 소리로 이웃을 부르고 지빠귀 소리로 심부름하는 산골 마을, 새와 사람이 함께 지저귀는 마을이다 소리에 기댄 사람들은 너무 멀리서 서로를 불렀다 언덕에서 부르면 골짜기에서 대답했다 윗마을에서 날아오른 지저귐이 아랫마을에 닿으면 때론 춤이 되고 때로는 노래가 되었다 흥이 난 사람들은 길을 내고 계단을 만들었다

　지빠귀 소리로 소통하기엔 마을이 너무 가까워졌다 소리 대신 손을 먼저 내밀게 된 아이들, 점점 새소리를 잊어갔다 서로에게 춤을 권할 줄도 노래를 즐길 줄도 몰랐다 새가 지저귀는지 어른들이 부르는지 분간하지 못했다 어른들은 궁여지책, 지빠귀 학교를 열었다 지빠귀 소리로 웃고 지빠귀 소리로 울게 했다 마침내 이 마을엔 온통 지빠귀 소리뿐이다 소리만 남겨 두고 정작, 지빠귀는 날아가 버렸다

먹구름꽃

아파트 안을 힐끗 쳐다보고 지나가는 그는 누구인가
얼굴에 철쭉꽃 화인을 찍고 꽃 무더기에 하체를 묻은 남자
가다가 다시 돌아와 넓고 두꺼운 베란다 유리창에 대고
눈을 동그랗게 뜨고 응시하다가 가는 남자
그 남자 동공이 닿은 곳에 초점을 맞추고
엉거주춤 바깥을 내다보는 나는 또 누구인가
누가 있으리란 짐작도 못하면서 곳곳을 훑는 그와
누가 있을지 뻔히 아는 내가 낱낱이 훑는 사이에
어둠 한 장이 두껍게 깔려 지나간다
그에게는 먹구름, 나에게는 뭉게구름인 저 수수방관의
장벽
그는 보고, 나는 보지 않는 떼구름 위에 철쭉꽃이 만발
했다
평생 피웠다 지우는 우리의 바람은 엉거주춤

옥편에서 '미꾸라지 추(鰍)'자 찾기

도랑을 한 번 쭉 훑어보면 알 수 있다
어떤 놈이 살고 있는지
흙탕물로 곤두박질치는 鰍
그 꼬리를 기억하며 網을 갖다 댄다
다리를 휘이휘이 감아 오는
물풀 같은 글자들
송사리 추(鯫), 잉어 추(鰌), 쏘가리 추(鯞)
발끝으로 조근조근 밟아 내리면
잘못 걸려드는
올챙이 거머리 작은 돌멩이들
어차피 속뜻 모르는 놈 찾는 일이다
온 도랑 술렁인 뒤 건져 올린
비린내 묻은 秋는 가랑잎처럼 떨구고
비슷한 꼬리의 鯫, 鰌, 鯞만
자꾸 잡아 올린다

석빙고가 있던 자리

1

청도 화양읍성이 썩은 빗장처럼 푸석거린다 뼈 발라낸
공룡이 구부정히 숨어 있는 석빙고엔 비석만이 선명하다
층계를 내려 밟을 때마다 공룡은 쿵쿵 빙산 속으로 걸어
들어가고 내 심장도 따라 쿵쾅거린다 사랑할 수 없는 사람
들이 가끔 찾아와 얼음이 묻힌 고인돌에 경배한다 허물어
진 석빙고처럼 내 몸속 빙산이 점점 녹아내리고 한 눈금씩
킬리만자로 만년설도 내려앉는다고 한다 돌 빗장을 더는
걸어 둘 수 없다 장대석(長臺石)만 두어 줄 남긴 석빙고, 빙
산 속으로 걸어 들어간 공룡이 쿵쿵 발걸음 소리 열고 나
온다

2

방문을 열었다 얼음을 안고 있던 노인의 살갗이 녹아 허
연 갈비뼈가 드러났다 생전의 노인은 여름이면 얼음덩이를
날랐다 얼음을 실은 페달은 팽팽했다 생선 좌판 사이를 오
가기도 하고 쪼그리고 앉아 종일 얼음이 녹기를 기다린 적
도 있었다 방 하나가 집채인 그곳, 보름에 한 번 들락거리
는 사람도 있고 한 달에 한 번 기웃거리는 사람도 있었지

만 가끔 찾아왔던 긴 머리 수녀만이 정확히 그의 나이를
헤아렸다 그가 날랐던 얼음은 다 어디로 갔는지 꿈틀거리
며 흘러내린 자국도 보이지 않는다 냉기조차 납작해진 방
바닥에 크게 입만 벌리고 있는 노인, 못다 한 말처럼 입천
장의 궁륭 속에선 공룡 발소리 같은 울음이 터져 나왔다

하찮은 무기

그는 내가 볼 때마다 절뚝거렸다 밥상을 받으러 올 때도 그랬고 밥상을 물릴 때도 그랬다 내 손이 덩달아 떨렸다 그가 고개 숙이고 밥을 씹을 때도 그의 뒷목을 볼 때도 내 손이 떨렸다 그는 나를 고문했고 나는 꿈속에서 고백했다

그의 실직과 내 젊음도 함께 절뚝거렸다 내 젊음을 재단한 그의 다양한 이력도 떨렸다 이것과 저것을 선택하는 동안 서로에게 건너가는 나뭇가지가 수도 없이 부러졌다 꺾인 가지 한쪽은 절뚝거리는 그의 다리를 감았고 나머지 한쪽은 나의 팔을 후려쳤다 서로가 서로를 겨냥했지만 새로울 게 없는 무기였다

내가 볼 때마다 절뚝거리던 그는 의족으로 무장했다 그가 보지 않을 때만 손을 떨던 나는 무장해제 당했다 그는 더 이상 절뚝거리지 않았다 꿈속에서 실토한 대로 고문은 향기로웠다 그가 멀쩡하게 들어올 때마다 나는 재무장을 꿈꿨다 그러나 모두 하찮은 무기였다

백수광부의 처

　가을비가 촉촉, 내려요 나는 방금 시위를 떠난 화살이에요 촉촉 비는 계속 내리고 내 촉은 과녁을 향해 재촉해요 촉촉, 비가 오니까 과녁이 흔들려요 촉촉 어디를 뚫을까요 눈앞이 촉촉해요 내 발이 안 보여요 그렇다고 화내지는 않아요 촉발은 위험하니까요 제발 과녁을 바로 세워요 돌아보라구요? 돌아가라구요? 말했잖아요 과녁만이 내 길이라구요 자꾸 흔들려요 과녁이 아니라 내가 흔들려요 그래도 촉촉 비가 와요 아하, 저 비는 땅이 전부 과녁이네요 비가 촉촉 내 몸에도 꽂혀요 내 몸도 과녁이어요 촉촉 온몸이 촉촉해져요 원하지 않아도 내 몸엔 촉, 촉만 남아요 촉촉 비는 내리고 아직도 나는 휘적휘적 날고 있어요

2부

매미 일가(一家)

일곱 살 때 찍은 흑백사진
나는 아버지와 엄마 틈에 있었다
한쪽 팔은 엄마 무릎에 걸치고
다른 팔은 아버지 어깨에 기대고 있다
서로 걸친 어깨가
더 긴 이야기로 묶여진다는 것은
나중에 안 일이지만
드나들 간격이 따로 없었으므로
일가는 덩이째 깊어졌다
매미의 몸통처럼
마디 많은 얘기를 풀어낸 나는
양 날개 사이에서
얼마나 꼼지작거렸을까
혼자만 훌쩍, 키가 자랐다
몇 마디의 기억만 남기고
내 몸 슬쩍 빼 나오니
쩌억쩍 금 가는 흑백사진
아버지와 엄마는 사진 속에서
내가 벗은 허물로 남아 있었다

감물

감물이라는
잘 지워지지 않는 지명이 있다

슬쩍 스친 지명이지만
가슴엔 한 점 얼룩이 돋아
도톨하게 만져진다

떫은, 목메는 감물 흔적이다

일찍 떠난 내 큰언니의 초경 자국,
한 방울 남짓 떨구고 간
그 댕기 머리 뒷모습을
나 또한 엄마처럼 못다 배웅했는지
삼십 년 넘도록 지우지 못한다

방금
내 몸을 스쳐 간 지명이여
언니라는 혈흔의 감물, 나폴거리는

저 생생한

댕기, 댕기 물감

오래된 부채

자불자불 눈꼬리 풀어지게 하는
검은 수실 끝 더듬어
아버지는 머리맡의 낡은 부채를 켠다
등을 밀고 온 바람, 허파 자루 속에 숨겨 놓고
거미줄 숨결 뽑아내는 아버지
부채는 좀처럼 펼쳐지지 않는다
나는 부채를 받아 쥐고 낡은 골을 펼친다
젊은 아버지의 목소리는 골목골목을 누비고
어머니의 목소리는 담장을 넘는다
휘어진 부챗살이 푸석푸석 헛바람 일으킬 때마다
반쯤 열렸다 감기는 지평선 너머
붉은 목단이 피었다 졌다
기억들 붙잡고 있는 아버지 눈 속으로
나는 붉은 꽃 한 송이 안고 들어간다
어깨를 깎던 대팻날 바람 잠재우고
이제 관(棺)에 들고 싶은지
아버지는 자꾸 몸을 움츠린다
나는 부채를 바투 쥐고
아버지가 어릴 적 내게 한 것처럼

아버지의 온몸에 부채질을 한다
바람이 주름진 살갗 속으로 접혀 들어가고
내가 꾸벅 졸음을 참을 즈음
아버지와 같이 걸었던 검은 밤길이 꺾여 돌아가고
어디서 날아들었는지 나비 한 마리
아버지의 숨결 끝에 앉았다 날아오른다

폐교

들어가는 길은 컴컴했다
담쟁이들이 슬금슬금 낙서하는 벽 따라
둥그스름한 운동장
쇠파리들이 쉬쉬 날아다녔다

그늘진 학교 지붕 아래
뼈 부딪히며 앓아 대던 늙은 종(鍾)이
버려진 놋그릇처럼 엎드려 있다
"떠든 사람, 김인호, 배진석"
칠판 귀퉁이에 남겨진 이름들,

다들 어디로 갔을까
창문을 넘어 들어온 목백일홍 그림자
쭈그러진 아랫배 잔주름처럼
빈 교실 바닥에 일렁이고 있다

넌 어떻게 여기까지 왔니?
맨주먹으로 햇살 쥐었다 폈다 하는 몽돌 하나

폐교의 명치끝
지그시 누르고 있다

맞먹는 산

눈뜨면 맞먹는 산이 있다
10층에 사는 나와 맞먹는 산
그 산은 내 동쪽에 있다
아침 햇살이 산 능선을 올라설 때
제 속을 다 잠재워 팽팽해지는 산
내가 바깥보다 어두워질 때
나무며 돌을 재채기처럼 튕겨 내어
캄캄, 얼굴 붉히는 산
같이 어두워지거나 같이 밝아지는 것은
맞먹는 게 아닌 것,
내가 불 밝힌 밤이면
조용히 방석을 바꿔 가면서
나와 면벽하는 산
한 번도 오른 적 없어, 겁 없이 맞먹는 산

오열의 힘

소리를 따라간 적 있습니다 제 소리를 가두지 못한 폭포 수가 산을 울리는 골짝, 첫아이 잃은 울음을 그 속에 묻고 돌아오곤 했습니다 발뒤꿈치를 적시며 따라오던 물줄기 소리와 앞서거니 뒤서거니 엉키는 피리 소리를 들었습니다 무덤과 무덤 사이, 바위와 바위 사이를 뛰어다니며 가느스레 공중의 길을 내던 소리, 피리에는 소리의 묘혈을 판 흔적이 있습니다 세상 모든 소리가 그 구멍 속으로 빨려 들어가 묻힙니다 물소리, 까마귀 소리, 마른 싸리의 서걱거림,

붉은 닭벼슬꽃이 저수지가에 오종종 피어 있습니다 누런 조끼적삼의 아버지가 오죽(烏竹) 피리를 붑니다 피리 가락이 한 오백 개의 물 주름을 만듭니다 저수지 바닥에 묻혀 있던 큰딸이 들락거리며 피리 구멍을 넓혀 왔습니다 아버지는 그 구멍에서 굴러 나오는 쓰디쓴 소리의 환약(丸藥)을 씹어 먹습니다

속엣것 한껏 부풀렸다 토해 넣기만 하는 아버지, 피리 속에는 소리의 봉분이 두름으로 엮여 있을지도 모릅니다 봉분 하나에 이미 집 지었을 아버지, 맨드라미는 아버지 울음의 붉은 목구멍입니다

그 뿌리를 갖고 있네

뒤집혀 바둥거리는 꽃게를
쉬이 만지진 못했다
턱턱 갈라진 배마디가
섬뜩했던 까닭은 아니다
금방이라도 아기가 나올 것 같던
만삭인 내 뱃집 기슭
갈기갈기 뻗친 뿌리가 생각났던 거다
부푼 배에 처음 뿌리가 뻗었을 때
내 몸 옥죄는 넝쿨인 줄 알았다
배 속 아이가 자랄수록 터진 실금에서
찐득찐득한 어미 냄새 흘러나왔다
뼛속까지 파고든 실뿌리가
아이를 집요하게 움켜쥐었던 것
내가 쉬이 엎드리지 못함은
이미 내 몸 어디쯤
가지가 뻗었기 때문일 게다
접고 꺾는 무르팍이 없는 가지의 마음이
하늘 쪽으로 뻗어 가
열매를 위해 두 손 다 들어 주는 것이다

송곳니

얼떨결에 뽑은 송곳니를 들고
딸아이는 바르르 떤다
방금 전까지 제 몸의 일부이던 것
빠져나오는 순간 끔찍해져
앓던 소리까지 떨격, 굳어졌다
뽑힌 이에 묻은 핏물을
아이는 옴찔옴찔 휴지로 닦으며
벌린 손가락으로 얼굴을 가린다
아직도 제 몸의 일부인 듯
쉽게 던져 버리지 못하는 송곳니
저렇게 놓았다 쥐었다 하면서
평생을 보낼 것이다
잡지도 놓지도 못할 날들이
아이에게 있을 것이다
크게 입 벌려
검붉은 구멍 보여 주는 아이,
보여 주지 않아도 누군가에게
뚫린 속 들킬 날 있을 것이다

아득한 봄

그 안에 내가 똑바로 누워 있다

몇백 년 전 동침한 남자의 눈과 꼭 닮은
지하철 옆자리 아기의 눈

꽉 찬 조바심과 팽팽한 호기심으로
두 주먹 탱글탱글 쥔 동공

터져라, 씨앗
새잎과 새싹을 품고 있는 저 눈

지상 구간은 잠깐이다

다시 땅으로 기어들어 가
봄을 줄줄이 끌고 나오는 열차 속

불쑥 새순 같은 입술을 내미는
몇백 년 전 그 남자, 이미 아기가 되어 버린,

나는 기형이에요

아이 주먹에 붉은 꽃이 피었다
근친 간 사랑은 이렇게
몸에다 꽃을 피운다
꽃이 몸을 가질 때는
내밀한 근친의 비밀이 씨방에 묻히는 것
겹겹이 싸인 봉오리 오므리며
어느 밤을 기억한다
어둠이 깊을수록 꽃은 더 솔직하다
암술이니 수술이니
갖춘꽃이 난장을 트는 봉오리 속
혀를 빼문 어미가 죽고
징글징글해진 아비가 죽고
홀로 남은 아이는 어쩔 수 없어
두 주먹 불끈 쥐고 필사적으로 꽃잎 벌린다
꽃과 잎과 줄기들
웃을 때마다 안간힘으로 뒤틀린다

배꼽

칠순 노모가 떨리는 손으로 매듭을 만든다
옷은 만들지 않고 매듭단추만 만든다

유리병 가득 매듭이 채워진다

끄집어낼 수 없는 좁은 주둥이 속으로
미루나무가 거꾸로 자라고
언덕길 끝에 우뚝 나타나던 우물이 박힌다

꼭꼭 박음질하고 자르고 묶는 동안
손가락 빠는 큰형 얼굴이 찌그러진다
그래도 노모는 자꾸 쑤셔 넣기만 한다

큰형 운동화를 뚫고 나온
둘째 형 엄지발가락을 물어뜯으며
셋째 형의 덧니가 활짝 웃는다

노모의 손놀림은 느릿하고
배꼽이 꽈리처럼 부푼 나는

유리병 주둥이 끝에 쪼그리고 앉는다

뚜껑을 닫는 노모의 손끝에 탯줄이 길게 따라 나온다

시루 속 콩나물처럼 외출 없이 자라는 아이들
유리병 안에 소복하다

배꼽을 감아라

배꼽이 당기기 시작한다
안태본 고향 대구가 가까워진다는 것
시속 300킬로미터의 KTX열차가
음속으로 당겨진다
배꼽을 단단히 감아 넣고 배에다 힘을 준다
이것은 요가 동작이다
배꼽을 중심으로 풀고 감는,

두 손으로 무릎을 감싸고
태아처럼 웅크렸다가 뒤로 구르는 요가 동작
그 감김과 풀림의 중심에 배꼽이 있다
똬리처럼 몸 한가운데 감아올린 무게중심
넘쳐흘렀지만 엎지르진 않았다
어머니 정수리 위
목이 긴 양동이가 치적치적 흘리고 간
열차 발소리 내는 기억들

열차는 동대구역에 잠깐 멈추고
두 손을 결가부좌 무릎 위에 얹어 호흡을 가다듬는다

다시 긴 산을 감으면서
KTX는 초침에다 붉은 똑딱 못을 박는다
고향을 벗어날수록 점점 풀리는 배꼽 태엽
등을 바닥에 대고 공중으로 들어 올렸던 손과 발을
텅, 떨군다
이 당김과 풀림의 중심에는 배꼽이 있다

드로잉

누구의 얼굴도 그려 본 적 없지만
한 사람쯤이야
선(線)으로 이어 볼 수 있겠다 싶어 시작한,

어머니 얼굴엔 선이 없었던가
순두부 콩비지 같은,
몇 겹 포개지는 북소리 같은,
궁글궁글 무더기만 피어오른다

한 번도 바깥 선을 보여 준 적 없는 어머니
달무리 진 그 얼굴을 더듬는 것은
두레박으로 우물 속 가늠하는 일

그리고 지우고 또 그리고 지우다 보니
닳아서 실뭉치처럼 풀려 나가는 얼굴
아무리 그려도 가물거리기만 하는
어머니 얼굴은 낡은 스웨터의 보푸라기다

빗살무늬 소나무

    구부정히 휘어진 산길 따라 칼집투성이 소나무들 아랫도리를 드러내 놓기까지 용기가 필요했을 터, 한 끼 허기를 소나무에게 구걸한 노부부는 그 칼끝의 깊이를 안다 칼자국에 흐른 송진, 상처가 낸 눈물은 끈끈하다 여섯 자식 먹여 살린 빗살 모양 칼집은 무늬가 아니라 자국이다 제 상처 깊이에 빠진 빗살이 무늬로 바뀐 것! 새삼 들추어진 아랫도리 내려다보는 두 그루 노송, 시신경이 파르르 떨린다 상처는 없고 무늬만 남았다 무늬를 하염없이 염려하는 노송 부부, 상처는 무늬 속에서 더욱 깊어진다

노크에 갇히다

열 살 때 화장실에 갇힌 적 있다
비명을 질렀지만 소리가 나오지 않았다
무덤처럼 텅텅 노크도 되지 않았다
지나가던 남자애가 비웃었다
무당집 딸이 목매 죽은 것도
부끄러운 노크 때문이라 했다

마흔 살이 되어 또 화장실에 갇혔다
밖이 훤한 대낮이었다
비명을 지르지 않았지만 목소리가 컸다
문 좀 열어 주시겠어요?
내 목소리가 재빨리 되돌아왔다
안에서 잠겼잖아요
거울 속 얼굴이 빨개진 것도
잦은 노크 때문이었다

온전히 드러내지 못할 게 있어
잠기고 갇히고 웅크린 저 봉분
삼십 년을 제 냄새에 혼절하며

안에서 잠긴 문에 갇혀 있다
냄새나는 징역이지만
이젠 아무도 노크하지 않는다

외딴집

굽이를 돌면
다섯 살 꼬마같이 마당 칭얼대는 외딴집 하나
하늘 한 조각 머금지 않은 붉은 기와가
가을빛에 잘도 익어 간다
외딴, 이라는 말이 따돌린
그 언덕은 참 또박하여 절대 흐린 날이 없다
절대 어둔 날도 없다
오도카니 그 모습 다 드러내거나
제 속 환히 들키는 불빛 품은 말
외딴보다 한 굽이 더 돌아가는 나는
홀로 캄캄하고 홀로 다 보이지 않는다

공중 보행

그의 걷는 동작이
자신을 내던지는 쪽으로 기울어진다는 사실을
사람들은 알지 못한다
발길질과 팔매질이
더딘 그의 보행 방식이지만
몸을 맺고 푸는 동작에도
세 박자 리듬이 있다는 것은
그 혼자만 모르는 일이다
찐득하게 딸려 오는 발을 끌어올리며
그는 양팔을 펼쳤다 접는다
허공에 온몸을 띄워 보기라도 하듯이
한껏 부풀리기도 하지만
주름상자 같은 그의 몸에서 시작된 숨소리는
어디 먼 뒷길을 돌아온 듯 할딱거린다
발길질과 팔매질로 진저리 치는
그에게는
아무리 내던져도 버려지지 않는
아우성이 있는 모양이다

아무 일 없었던 것처럼

세 아이를 낳은 내가 박사과정에 들어갔다
두 아이를 결혼시킨 그녀도 내 왼쪽에 앉아 늦은 수업
을 듣는다
그녀도 나도 아무 일 없었던 것 같다
그녀의 손등에 도드라진 핏줄과
목선에 잡힌 몇 겹의 주름이 스물스물 내 쪽으로 기어
온다
아무 일 없었던 것에서 아무 일 없었던 것으로
어떤 작정하는 이사가 시작되었다

아무 일 없었던 것처럼 하는 이사가
소위 포장 이사라는 것인데
그녀와 내게도 어떤 포장이 둘러치고 있겠다
대낮과 한밤이 찍은 자국이
포장지 속에 짐으로 웅크리고 있겠다
짐 하나 들지 않은 것처럼 가볍게 앉아 있는
그녀에게도 내게도 이미 몸은 짐이 되어 버린 것

한바탕 곡하고 아무 일 없는 듯

국밥을 퍼먹는 상가의 아낙처럼
울음과 웃음의 포장 상자가 온몸 채웠지만
늦게 박사과정을 시작한 그녀와 나는
아무 일 없던 것을 빌미로 아무 일 없는 곳으로 가고 있다
그녀와 내가 아침저녁으로 드나드는 대도시 초입부에
무덤 하나, 아무 일 없이 늘 그 자리다
그 완벽한 포장 이사

0.6

남편 안경을 빌렸다
0.6과 0.6
시력이 같다는 걸 처음 알았다
네온등이 훅 다가오고
사력을 다해 달려가는 자동차 번호가
당겨져 온다
남편과 내가 같은 시력으로
책을 보고 영화를 볼 동안
우리 집에서 멀어진 것들이 있다
옥외 광고탑의 실시간 뉴스와
농짝만 한 경비실에서 고개 푹 숙이고 먹는
경비원의 반찬 가짓수,
강아지가 실례한 통로의 배설물
사방 천지 0.6의 바리케이드다
가까워도 저지당하는 것들이 있다

3부

생략

털이 다 뽑혀 나간 소머리 위에
북채 같은 소꼬리가 얹혀 있다
소의 전모(全貌)를 보고 있다

몸통이 생략된 저 몸
머리와 꼬리만 남은 소 한 마리

소머리 아래 두꺼운 신문 뭉치
몸통 없는 신문 기사에 핏물이 번진다

전모는 핏물이 말한다

안심을 생략한 소머리 핏물
우둔을 생략한 소꼬리 핏물

머리와 꼬리가 생략한 피 토한 울음소리

허해지는 몸을 위해
소머리탕이나 꼬리곰탕을 먹은 날에는
전모를 감춘 내 몸통이 근질근질하다

글쎄, 자리를 바꿀까요?

승용차 밖의 남녀가 우리를 쳐다본다
뭐라고 수군거린다
승용차에 나란히 앉은
女와 男인 우리에게
젖은 크리넥스 티슈 같은 눈길이 덮친다

그들의 입 모양으로 우리의 관계가 재구성된다
우릴 뭐라고 할 것 같아요
그가 묻는다
글쎄, 자리를 바꿀까요

차창 밖의 두 얼굴을
잘못 작동된 윈도 브러시가 닦고 지나간다
우리는 그들의 눈짓으로
각자의 위치를 재편성한다

그가 운전석으로 자리를 바꿀 동안
내가 뒷좌석으로 옮겨 간다
우리도 그 남녀의 행동을 지켜본다

그들의 행동이 수상해진다

눈으로 서로 간섭하는
승용차의 안과 밖
차안과 피안의 체위, 체위를 바꾸는
두 세계가 유리창에 집약된다

탈피하다

옷을 벗어 놓고 돌아왔다
모래바람이 하루 지형을 바꿔 놓는 곳, 사하라

내 웃옷이 없어진 걸 알았을 때
나는 베르베르인 모하메드를 범인으로 지목했다

사하라 별자리는 그의 손끝에서 만들어졌다
그는 느릿느릿 이 별 저 별을 선분으로 연결하며
사하라 것만 발라냈다

더듬더듬한 영어와 베르베르어를 섞어서
내게 별 이야기를 들려줬을 때
잠시 그의 무릎만 빌렸을 뿐인데
그는 내가 잠든 텐트 속으로 겁 없이 걸어 들어왔다

그는 눈빛만 깊어진 게 아니었다
내가 알지 못하는
사하라 별자리만 한 확신이 섰던 모양이다

그가 내 발을 만지작거렸을 때
어둠 속 그의 몸에서 끼쳐 오는 비릿한 냄새
그 거슬린 비위가 내 식욕을 돋우던 밤
그를 그대로 내쫓는 게 아니었다

내 모래 잠은 무너졌다

내가 벗어 놓고 온 웃옷
그 탈피(脫皮)를
내 몸 한 번도 입지 않은 그가 껴입고 있다

이미 그의 것인 나, 사하라

의혹

겨울 밭둑에
눈 홉뜬 구멍 하나 있다

어디로 꺾였는지 꼬리만 간당거리는 어둠

쥐 한 마리 거뜬 드나들 것같이
제법 솔깃한 구멍

긴장한 저 목구멍에서
딸꾹질 튀어 오를지도 몰라

불쑥 내뱉는 욕설처럼
긴 혀가 굴러 나올지도 모르지

귀를 갖다 대면
더 쫑긋해진 귀가 다가오고

눈을 갖다 대면
까만 눈동자를 굴리는 구멍

궁금해질수록 어둠은 더 팽팽해져서
먹창호지 부욱 찢으며
손가락 하나 나올 듯도 한데

벌렸다 오므렸다
안과 밖, 저 소통의 괄약근

어둠은 제 배설물을 다시
꾸역꾸역 밀어 넣고 있다

저 고운 가루에는

화장터까지 따라왔지만
저 고운 가루에는
선뜻 손이 가지 않는다

밀가루 같기도 하고
화장분(化粧粉) 같기도 한 그것은
고열 속에서 너무 많이 바스라진 것이다

물기 많던 그녀의 슬픔도
고운 가루가 되어
미처 빻지 못한 뼈들 사이 누워 버린 걸까

서로 눈멀어 가라앉게 했던 앙금들이
저기 저 한 옴큼의 가루라면
빚진 마음으로는 차마 손 내밀 수 없는 것

아무래도 저 고운 가루엔
손이 가지 않는다
만지면 청맹과니 된다는

부나방의 비늘 가루처럼 그녀는 누워 있다
손이 닿진 않았지만 눈먼 배웅이었다

필름 속 우화

동면하는 구렁이 한 마리 보았지요 꼬리를 깊숙이 찔러 넣고 침묵으로 일관하는 배 속 든든한 놈, 빙설 같은 비늘 한 겹 한 겹이 그냥 미끈한 겉옷 같지만 어룽 무늬 속옷을 꽉 죄게 입고 있는지도 모르죠 칭칭 감고 있는 검은 터널, 칸칸마다 플래시가 터져 나와요 잠깐씩 궁금하던 햇살은 징그러운 무늬를 만들고 눈동자 그려 넣는 점안 의식도 치렀죠

집이 좁아 몸을 죄는 건 아니지요 사방이 어두워 웅크린 건 더욱 아니지요 공연히 초록 배경만 볏단처럼 묶어 버렸네요 조금만 참아 봐요 편육처럼 눌린 자리 박차고 번뜩이는 비늘 벗어 던질 때까지 기다려 봐요 겹겹이 껴입고 잠든 밤을 빠져나와 제대로 한번 능선을 올라 볼까요 몸이 근질근질해요 포획한 먹이를 절편처럼 썰어 먹으며 온몸으로 기어가고 싶어져요

사양길

해발 420미터의 솔치재를 넘으니
황금 무덤이 조롱조롱 능선이 다 환하다
세상에 무덤만큼 환한 등불이 있을까
삶의 지표는 분명한 저 등불 속에 있다
바람 불어도 흔들리지 않는 갓등
엄마 가슴 속으로 쑤욱 집어넣는 아이 손처럼
지상으로 볼록, 주먹 들이미는 무덤
말랑하고 싶어서 안달하는 저 무덤
엄마 젖무덤처럼 곁에 눕고 싶은, 저 환한 봉분

그물 손바닥

노파의 손바닥 위에 등대가 서 있었다 작은 어선들이 좁은 손금을 따라 들어왔다 그물을 던지자 푸릇푸릇한 고등어 떼가 불룩거리며 올라왔다 수평선에 걸린 거대한 배들은 더 이상 손금 안으로 들어오지 못했다 두 개의 등대가 길을 연 좁은 수로엔 낡은 깃발만 들락거렸다 해풍에 찢긴 어망이 손바닥에 들러붙어 좀처럼 떨어지지 않았다 노파는 검버섯 피는 손등을 의심하기 시작했다 수로 밑바닥에 뱉은 한숨은 불가사리로 자라났고 고등어 떼는 다시 돌아오지 않았다 태풍으로 낡은 어구(漁具)마저 쓸려 나가고 포구엔 물이 빠져나갔다 노파가 병들어 가는 손바닥을 탁탁 쳤다 이미 뭍이 된 손아귀에 검은 탱자나무 울타리가 생겼다 손뼉을 칠 때마다 가시가 걸리는 손바닥, 소리가 나지 않았다

봄밤

봄밤엔
가등처럼 꽃피는 소리

뒤집어진 수화기
뜨물 같은 소리 흐르듯,

벌어진 꽃가지
저릿저릿 음액 흐르듯,

마악 터지는 벚꽃이
호르륵 호르륵
맨가지 핥아 먹는 소리

짝짓기 끝낸 암컷이
수사마귀 삼키듯이,

삼켜진 수사마귀
깨물린 몸 마구 비틀듯이,

장만옥이라는 이름에 대하여

화양연화 속의 그녀
남자들은 잘록한 허리에 빠지지만
나는 '장만옥'이라는 이름에 홀린다

'장'이 품은 장도의 비장함과
'만'에 묻은 중국식 야끼만두 냄새
'옥'이라는 한국식 촌스러움에 대해 생각한다

내가 그녀의 이름에 혹하는 건
그 절절한 '만'과 '옥'의 이미지에 있다

가령 '옥'이 강화된 '옥분'이나 '옥순'이거나
'옥'의 이미지가 뻗어 나간 '순옥'이나 '분옥'이가 아닌

단단한 차이나식 칼라의 '만'에 대해
그 滿 수위를 눈앞에 찰랑이게 하는

화양연화 속의 그녀 뒷모습

오래 훔쳐보는 것은
장만옥이라는 그 적절한 결함에 있다

.

물방울 목탁

한밤중
욕실에서 나는 소리
헐거운 수도꼭지에서 떨어지는 물방울
물이 고인 욕조엔
새벽 예불의 중얼중얼한 파문이 생기고
두드릴 때마다
멈춰 있던 생각들이 화들짝,
뒤척인다

비틀어져 꼭 잠긴 수도꼭지를 푼다
쏟아진 물에 비친
검은 얼굴
입과 코와 눈이 뒤섞여
둥근 소리를 낸다
평정의 살점으로 보태지는
물방울이
두드리는 목탁

울림 없는 내 얼굴에서
처음 들어 본 소리

벌 받을 준비도 없이

벌은 꼭 무슨 표시라도 해 둔 듯
내게로만 찾아오는데
도무지 그 이유를 알 수가 없다
내 얼굴 어딘가에서
나갈 문이라도 보았는가
들어서면 피자 조각처럼 나뉘는
회전문이 있기라도 하듯이
코앞에서 까불거린다
벌이 그렇게 나를 지나서 가야 한다면
나는 도대체 어디로 가야 하나
내 생각은 안중에도 없이
뚫고 나갈 일에만 골몰한 듯
벌은 어지럽게 가드락거린다
아무런 표시도 없는 내 얼굴
온몸으로 쑤욱 밀고 들어오지도 않은 채
나를 자꾸 위협하기만 한다

트럭은 밧줄을 끌고

비가 멎기를 기다리다
밧줄 널브러진 빈 트럭만 보았다

시작이 끝보다 더 먼 빗줄기
당기고 당겨도 꽃이 없는 줄기들

기억은 좀처럼 열매 맺지 않고
널브러진 넝쿨만 골목 끝에 끌려 나왔다

멈춰 있던 트럭은
밧줄을 끌며 떠나고

비가 멎기를 기다리다
가닥가닥 꼬인 줄기만 보았다

수십 년 이어 온 빗줄기의 내막
세월이 끌고 온 그 긴 밧줄은
기억 속에서 너무 많이 토막 났다

맹인들의 유원지

호두 껍데기처럼 멋대로 쪼개지는 밤

어둠 속 롤러코스터는
어디에 앉아도 위태롭다

전신을 꽈악 죄며
허공 딛는 발소리만
하늘을 송두리째 삼켜 버렸다

은빛 목걸이로 반짝이는 롤러코스터와
굴 껍질 널린 유원지의 밤이 엇갈렸다

속엣것 다 뱉어 낸 몸 앞세우고
휘어지는 비명이 따라가고
저주를 떠맡은 결백한 두 눈은
하늘도 물리고 땅도 밀어낸다

고막을 찢으며 덮치는 밤의 마차
고대를 건너 중세를 밟고 근대를 지나간다

21세기 대지를 한 바퀴 쓸고 지나갔지만
아무것도 쪼개지지 않았다

잠복하는 담쟁이

햇빛을 등지고 앉은 검은 찰흙 덩어리는
굳은 도둑의 얼굴이다
창문 앞을 지나던 담쟁이가
쓰윽 감고 갈 듯
넝쿨 끝에 잔뜩 독이 올랐다
그의 검은 얼굴과
담쟁이의 초록 잎이
팔락팔락 숨결을 고를 때
와락, 방 안을 밝히는 불빛
그의 흙빛이 담쟁이 잎 위로
훌쩍, 건너뛴다
창틀을 넘으려던 담쟁이
덮친 흙빛에 놀라 꿈틀, 돌아선다
도둑의 얼굴이 드러난 건
바로 그 순간의 일이다

어둠 휘늘어진 곳에서 보내다

가로등 하나, 시골 밤의 바지랑대다

폭싹 꼬꾸라질 듯 삭은 밤이
불빛 하나에 온몸 지탱하고 있다

저렇게 매달리기만 하면
이쪽 끝에 치렁치렁 닿은 어둠의 가랑이
다 젖고 말 텐데

그래도 바지랑대는 저렇게
어둠이 휘늘어진 곳에 받치는 것

당신 보내고 바라보는 가로등 하나
시골 밤의 바지랑대다

내 가랑이 다 젖도록 바라본다
저쪽 끝에서 다시 팽팽히 당기는 당신

한순간

어둠을 탁, 놓아 버리면
그 탄력으로 오래 빙글거리다가
서서히 가라앉는 침전물
아파트와 나무와
사람, 이라는 결정체가 드러난다

바닥을 내보이는 골목
더는 휘젓지 말아야 한다
빙글빙글 도는 밤의 블랙홀에
다시 빠지지 말아야 한다

도시는 단지 희멀게진 윗물

새벽하늘 위로
까치 한 마리
번지지 않고 날아오른다
부리 끝에 물고 있는
지푸라기만 한 햇살이

한순간, 빛살을 터뜨린다
저 놀라운 빛의 번식력

도시, 도무지

저리 깜깜한 어둠 속에 뛰어나가면
뭐가 제일 먼저 발에 밟힐까
비워 둔 어둠에 빗물이 고였겠구나
나선형 계단이 문을 닫아걸었겠구나
밤꽃이 허벅지를 깨물었겠구나
절절 끓는 비탈이 국물을 쏟았겠구나
찰방찰방한 바람이 뺨을 때렸겠구나
뭉클거리던 것이 딱딱해졌겠구나

저쪽 밤에서 이쪽 아침을 걸어가는 길은
맨살에 와 닿는 뭉커덩한 느낌뿐이라
집집이 방방이 안쪽에서 문을 잠가 걸었겠구나
꽉 찬 어둠이 땅을 와락 끌어안았겠구나
어둠의 육질
드러내는 검은 건물들
저 뭉클한 땅, 눈에 밟히는 달나라 땅 한 평

달나라 땅장수가
이쪽 어둠에서 저쪽 새벽으로 걸어가는 길은

참 비뚤비뚤하구나

수십 가닥의 오랏줄이 새끼를 꼬았구나

우툴두툴하구나

낙엽 설전(舌戰)

그는 내게 아씨, 라 했다
충실한 노복처럼 극진했다

나는 제법 아씨답게 아그작아그작 밟으며
그의 노구를 걱정했다

걸음을 뗄 때마다 아씨, 아씨, 아씨,
그는 내 몸을 극진히 떠받들었다

아씨란 말은 따뜻한 전생의 소용돌이라
아씨의 세대답게 그를 하대했다

아씨, 아씨, 아씨, 아씨
그는 한참 만에 바스러졌다

아씨, 라는 호칭과 함께 순장되었다

천 년은 족히 살 그의 비명도 흙발로 다져졌다

빛의 번식력을 모방하다

김수이(문학평론가)

천수호의 첫 시집에서 먼저 눈에 띄는 것은 감각적 상상력이 빚어내는 회화적 풍경들이다. 천수호는 감각을 통해 상상력을 배양하고, 다시 그 상상력을 통해 감각을 확장한다. 이 과정에서 감각은 상상력을 통해 보고 만질 수 있는 것 이상의 형태를 얻고, 상상력은 감각을 통해 "맨살에 와 닿는 뭉커덩한 느낌"(「도시, 도무지」)의 실감 나는 풍경으로 현현한다. 천수호에게 감각과 상상력은 서로에게 물과 바람의 역할을 하며 무성해지는 하나의 숲과 같다. 주목할 것은 감각과 상상력이 서로 견인하는 과정에서 천수호의 시에는 이야기성이 곁들여진다는 점이다. 그 서사적 정황들은 우화적이거나 알레고리적인 특징을 지니는데, 이는 천수호의 감각적 상상력이 작동하는 방식과 그러한 감각적 상상력에 의해 천수호가 새롭게 만들어 낸 비유 체계의 현실적인 함의들에 기인한다.

예를 들어 천수호의 비유 사전에서 아파트 놀이터의 '등나무 숲'은 '한 마리 이구아나'다. '이구아나'가 아파트 놀이터에서 먹이를 먹으며 살아가는 모습은 삭막한 도시에 생명을 불어넣는 인공 자연의 풍경을 알레고리화한다. 아파트의 인공 자연이, 어딘가 친근하면서도 낯선 괴물의 이미지를 지닌 '이구아나'로 변환되는 맥락은 자연스러우면서도 흥미롭다. 비유가 기존의 상징체계에 대한 (부분) 재설정으로서의 '덮어쓰기'라고 할 때, 천수호는 독창적인 발상을 통해 현실 세계에 대한 비유 = 덮어쓰기를 실행하고 있는 것이다.

한 마리 이구아나다
10층 베란다에서 내려다본 등나무 숲
미끄럼틀이 밀어낸 아이가 말려 들어간다
발끝에 시달리던 빨간 공이 밟혀 들어가고
뒷골목 그늘을 씹던 도둑고양이도 빨려 들어간다
우툴두툴 잔비늘 세우는 이구아나는 잡식성이다

삼킨 먹이들 통통히 살쪄 걸어 나온다
이구아나 배 속에서 알을 꺼내고
감쪽같이 꿰매 놓는다는 인디오들처럼

등나무가 보듬는 그늘은

훔쳐도 다시 자라는 이구아나 알이다

얼기설기 꿰매어진 배 어루만지는 넝쿨

알을 찾는 것인지

세상 온갖 것들 다 품어 보고 있다

　　　　　　　　　　　　　　──「그늘」 부분

　'이구아나'는 '아이'와 '빨간 공'과 '도둑고양이' 등의 '먹
이들'을 닥치는 대로 삼키는 '잡식성'의 맹수이다. 동시에
이구아나는 그렇게 "삼킨 먹이들"을 자신의 배 속에서 "통
통히 살쪄 걸어 나오"게 하는, "세상 온갖 것들 다 품"고 있
는 모성성의 화신이기도 하다. 이구아나의 가히 폭력적인
식욕은 아파트 등나무 숲이 도시의 삶에 제공하는 편안
한 '그늘'의 역할을 암시한다. 이구아나는 도시의 일상 공
간 속에 장식적으로 구획·배치되어 있는 인공 자연의 생
명력을 뜻하는 감각적인 오브제인 것이다. 더불어 "이구아
나 배 속에서 알을 꺼내고/ 감쪽같이 꿰매 놓는다는 인디
오들"은 도시 곳곳에 파편적으로 배치된, 그러나 여전히 풍
요로운 생명력을 발휘하는 자연에 의존하며 사는 도시인
들을 의미한다. 시 「그늘」은 도시에서 자연의 생명력이 어
떻게 지속되고 있는가에 대한 우화적 스케치이며, 그 모성
적 생명력이 어떻게 도시의 인간을 계속 부양하고 있는가
에 대한 회화적 에피소드에 해당한다.

그 증거로, 등나무 숲 = 이구아나가 자연의 생명력을 발현하는 방식은 아이를 품은 '어미'의 그것과 다를 바가 없다. 등나무 숲의 '넝쿨'과 어미의 "뼛속까지 파고든 실뿌리"는 동일한 형질과 본성을 갖고 있다. "세상 온갖 것들 다 품어 보고 있"는 등나무 숲과 "열매를 위해 두 손 다 들어 주는" 어미의 자세가 정확히 닮아 있는 것은 우연이 아니다.

> 배 속 아이가 자랄수록 터진 실금에서
> 찐득찐득한 어미 냄새 흘러나왔다
> 뼛속까지 파고든 실뿌리가
> 아이를 집요하게 움켜쥐었던 것
> 내가 쉬이 엎드리지 못함은
> 이미 내 몸 어디쯤
> 가지가 뻗었기 때문일 게다
> 접고 꺾는 무르팍이 없는 가지의 마음이
> 하늘 쪽으로 뻗어 가
> 열매를 위해 두 손 다 들어 주는 것이다
>   ——「그 뿌리를 갖고 있네」 부분

비유와 알레고리를 통해 비로소 '안심'하고 대상에 접근하는 우회적인 방법론은 천수호가 타자와 세상을 대하는 겸허하고도 자립적인 '탈피'(「탈피하다」)의 자세에 기인

한다. 천수호는 자신이 맞닥뜨린 세계, 그녀의 시적 대상들 앞에서 정중한 자세를 유지하면서도 그들과 자신 사이에 놓인 크고 작은 거리를 인식하는 일을 멈추지 않는다. 그렇다고 천수호가 대상에 대해 차가운 태도로 일관하거나, 반대로 대상에 대한 자기화의 열망에 사로잡혀 있는 것은 아니다. 천수호는 "겹눈으로 보는 시각의 오랜 습관"(「빨간 잠」)을 갖고 있으며, 세계의 배후를 보는 "백미러"의 "무거운 안구"(「미래 미러」)를 소유하고 있기도 하다. "자불자불 눈꼬리 풀어지게 하는/ 검은 수실 끝 더듬어"(「오래된 부채」) 시간과 공간, 존재의 경계를 넘어 '나'에게 끝내 비의(秘意)로 남을 수밖에 없는 세계를 탐색하는 시선 또한 보유하고 있다.

타자와 세계를 향해 다양한 형태와 각도의 시선들을 발산하는 가운데 천수호는, "저쪽 끝에서 다시 팽팽히 당기는 당신"(「어둠 휘늘어진 곳에서 보내다」)의 반동(反動)의 힘과 시선을 민감하게 느낀다. '나'와 '당신(들)'의, 그리하여 모든 존재들의 "마주 보는 두 길이 다르다"(「저수지 속으로 난 길」)는 것을 천수호는 깊이 이해하고 있는 까닭이다. 이 '두 길'은 수많은 존재들 간의 일대다의 관계 속에서 무한 증식하면서 점점 더 복잡다단해진다.

한마디로 말하면, 천수호의 첫 시집은 삶의 도처에 깔려 있는 '나'와 '당신(들)' 사이의 무수한/무한한 길들을 '겹눈'과 '무거운 안구'와 '자불자불 풀어지는 눈꼬리'로 발견하고 따라가며 끝내 사랑한 여정의 산물이라고 할 수 있다. 천지사방 복잡하고 굽은 길들을 어둠 속에서도 손에 잡힐 듯 생생한 감각과 상상력으로 따라가는 일, 이것이 천수호의 시 쓰기 작업인 것이다. 천수호에게 감각과 상상력이란 마음의 다른 이름인바, 그녀가 마음의 촉수를 한껏 높인 감각과 상상력을 통해 세계의 벽지를 여행할 때 그녀는 세계에 가득한 무수한/무한한 '당신(들)'에게로 부드럽게 흩어져 간다. 당신과 세상을 향한 흩어짐은 천수호의 상상의 방식이자 사랑의 방식이며, "이쪽 어둠에서 저쪽 새벽으로 걸어가는" '탈피'의 방식이다. 눈앞의 세계를 벗어나는 '흩어짐'의 사랑/상상의 여정 속에서 천수호는 "달나라 땅 한 평"과 같은 기묘한 곳에 도달하기도 한다.

저리 깜깜한 어둠 속에 뛰어나가면
뭐가 제일 먼저 발에 밟힐까
비워 둔 어둠에 빗물이 고였겠구나
나선형 계단이 문을 닫아걸었겠구나
밤꽃이 허벅지를 깨물었겠구나
절절 끓는 비탈이 국물을 쏟았겠구나
찰방찰방한 바람이 뺨을 때렸겠구나
뭉클거리던 것이 딱딱해졌겠구나

(······)

어둠의 육질

드러내는 검은 건물들

저 뭉클한 땅, 눈에 밟히는 달나라 땅 한 평

달나라 땅장수가

이쪽 어둠에서 저쪽 새벽으로 걸어가는 길은

참 비뚤비뚤하구나

수십 가닥의 오랏줄이 새끼를 꼬았구나

우툴두툴하구나

— 「도시, 도무지」 부분

　도시의 "검은 건물들" 사이로 "뭉클하"게 "눈에 밟히
는 달나라 땅 한 평"이 '달'의 제유임은 물론이다. 천수호
는 "이쪽 어둠에서 저쪽 새벽으로 걸어가는" 달의 길을 좇
아 세상의 이곳저곳을 편력한다. 나선형 계단과 절절 끓는
비탈과 찰방찰방한 바람 등이 혼존하는 그 길은 비뚤비뚤
하고 우툴두툴하다. 수십 가닥의 오랏줄이 새끼를 꼬아 놓
은 듯 도무지 요령부득이기도 하다. 달의 길을 이처럼 어지
럽고 고단하게 만드는 것은 무엇인가. '검은 건물들'로 뒤덮
인 세상이며 도시이다. 이 시의 제목인 '도시, 도무지'에서
'도시'는 '도시(都市)'와 '도무지'의 중의적 의미로 읽어 낼
수 있다. 천수호의 눈에 비친 도시와 세상은 무질서하고 난
해한 '도무지'의 세계라고 할 수도 있겠다. 외형상으로는 자

연물과 사물의 가시적인 풍경을 노래하는 듯 보이는 천수호의 시는 현실의 폐부에 대한 반성적 인식을 담고 있다. 그 반성적 인식의 어떤 순간들은 어두운 세계를 향해 "빛살을 터뜨리"는 행복한 시간이 된다. 시 「한순간」은 어둠 속에서 지푸라기만 한 햇살을 물고 날아오르는 새를 통해 '도무지'의 '블랙홀'의 도시가 어떻게 환한 '빛'의 세상이 되는가를 그려 보인다.

어둠을 탁, 놓아 버리면
그 탄력으로 오래 빙글거리다가
서서히 가라앉는 침전물
아파트와 나무와
사람, 이라는 결정체가 드러난다

바닥을 내보이는 골목
더는 휘젓지 말아야 한다
빙글빙글 도는 밤의 블랙홀에
다시 빠지지 말아야 한다

도시는 단지 희멀게진 윗물

새벽하늘 위로
까치 한 마리

번지지 않고 날아오른다
부리 끝에 물고 있는
지푸라기만 한 햇살이
한순간, 빛살을 터뜨린다
저 놀라운 빛의 번식력

———「한순간」전문

비록 짧은 순간일지라도 빛은 도시의 어둠을 제압한다.
그때 "도시는 단지 희멀게진 윗물"로 변한 것에 불과하더라
도, 도시의 어둠은 바닥에 가라앉은 '침전물'만큼 희미해져
있다. 이 사실은 중요하다. 천수호는 도시를 포용하고 정화
하는 자연의 역할에 깊은 신뢰를 보내면서도 자연의 권능
에 대한 경외나 예찬에 쉽게 함몰되지 않는다. 동일한 맥락
에서 그녀는 도시와 도시적 삶의 부정성에 경도되지도 않는
다. 그녀의 관심은 자연과 자연적인 것이 황량한 무채색의
도시에 어떻게 여전히 생명력을 공급하는가에 있다. 역으로
는, 도시가 결코 완전히 축출할 수 없을 자연에 어떻게 계속
의존하는가에 있다. 이 점에서 천수호가 생각하는 시란 도
시의 어둠을 순간순간 흩트리는 "지푸라기만 한 햇살"같은
것이라고 할 수 있다. 세계에 전면적인 변화를 일으키지는
못한다고 해도, 그 가녀린 빛살의 번식력은 감탄할 만한 것
이다. 천수호의 시가 기필코 모방하려는 대상이 있다면 그것
은 바로 자연이 지닌 "저 놀라운 빛의 번식력"일 터이다.

이렇게 말할 수 있겠다. 천수호의 시(가 되고자 하는 바)는 세상 온갖 것들을 품은 한 마리의 이구아나이거나 그 이구아나의 알이다. 혹은 도시의 어둠을 뚫고 새벽하늘 위로 햇살을 물고 날아오르는 '까치 한 마리'이다. 또 다르게는 '나'와 '당신(들)'의 팽팽한 긴장 속에서 불균형과 균형의 끊임없는 흔들림 가운데 탄생하는 '씨앗'이거나 '씨방'(「요긴한 가방」)이다. 천수호가 보기에는 이 자연의 사물과 이치들은 실물과 비유의 차원 모두에서 도시의 삶에 다각도로 뿌리를 내리고 있다. 이를테면 자정이 넘은 지하철 안에서 피곤에 지쳐 잠든 사람들은 "들썩거리는 봄 씨앗"이며, 시인의 '안태본 고향 대구'는 그녀의 신체 일부인 '배꼽'을 당기고 감는 존재론적 근원의 장소이다.

씨앗도 아니면서
들썩거리는 봄 씨앗같이 입 헤 벌리고
잠에 취한 사람들,
자정이 넘은 지하철 안은 헐렁헐렁하다
씨앗마다 흔들리는
가방 하나씩 품었다

──「요긴한 가방」 부분

배꼽이 당기기 시작한다
안태본 고향 대구가 가까워진다는 것

시속 300킬로미터의 KTX열차가

음속으로 당겨진다

배꼽을 단단히 감아 넣고 배에다 힘을 준다

이것은 요가 동작이다

배꼽을 중심으로 풀고 감는,

— 「배꼽을 감아라」 부분

잠에 취해 흔들리는 지하철 승객들이 곧 피어나려는 '봄
씨앗'이라면, 그들이 하나씩 품은 가방은 씨앗을 둘러싼
'씨방'이다. 힘겨운 일상에 지친 도시인들을 금방이라도 꽃
을 피울 듯한 '봄 씨앗'의 생동하는 자연물로 전유하는 장
면은 세계를 생명체의 활기찬 터전으로 이해하는 천수호의
시적 인식을 목도하게 한다. 그 인식이 따뜻하고 풍요로운
모성성을 근간으로 하고 있음은 앞서 살펴본 바와 같다. 고
향에 KTX열차를 타고 가는 상황을 "배꼽을 중심으로 풀
고 감는" 요가 동작으로 전환하는 솜씨에도 세계를 생명의
리듬을 통해 읽어 내는 시선이 담겨 있다. 귀향 열차의 남
은 거리와 속도를 배꼽으로 고스란히 느끼는 사람이란 대
단히 예민한 존재론적인 몸의 소유자가 아닐 수 없다. 그래
서일까. 그녀가 그려 내는 생명의 현장은 구체적이고 감각
적이며, 생의 깊은 비의들을 응축하고 있다. 또 다른 예로,
"얼떨결에 뽑은 송곳니를 들고" "바르르" 떠는 "딸아이"를
보며 천수호는 딸아이가 "아직도 제 몸의 일부인 듯/ 쉽게

던져 버리지 못하는 송곳니"처럼 "저렇게 놓았다 쥐었다 하면서/ 평생을 보낼 것"(「송곳니」)을 예감한다. 송곳니 하나에서 삶의 저변을 단숨에 간파하는 독법은 삶을 관념으로 사유하는 자의 것이 아니라, 몸으로 감각하는 자의 것이다. 이 시집에서 가장 깊은 인상을 남기는 작품의 하나인 「나는 기형이에요」는 부모가 죽고 홀로 남은 아이의 주먹(몸)에 삶이 어떻게 새겨지고 내면화되는가를 강렬한 풍경과 이미지로 형상화한다.

> 아이 주먹에 붉은 꽃이 피었다
> 근친 간 사랑은 이렇게
> 몸에다 꽃을 피운다
> 꽃이 몸을 가질 때는
> 내밀한 근친의 비밀이 씨방에 묻히는 것
> (······)
> 갖춘꽃이 난장을 트는 봉오리 속
> 혀를 빼문 어미가 죽고
> 징글징글해진 아비가 죽고
> 홀로 남은 아이는 어쩔 수 없어
> 두 주먹 불끈 쥐고 필사적으로 꽃잎 벌린다
> 꽃과 잎과 줄기들
> 웃을 때마다 안간힘으로 뒤틀린다
>
> ──「나는 기형이에요」 부분

어미와 아비를 여의고 홀로 남은 아이의 주먹에는 "근친 간 사랑"이 "붉은 꽃"으로 피어난다. 죽음에 의해 단절된 근친 간 사랑(자세한 내막은 알 수 없으나, '근친'의 어감과는 무관한 육친 간 사랑으로도 해석할 수 있다.)이 아이의 몸에 피운 '꽃'은 "웃을 때마다 안간힘으로 뒤틀리"는 '기형'의 증상을 앓고 있다. 그런데 천수호가 예리하게 발견하였듯이, "꽃이 몸을 가질 때는/ 내밀한 근친의 비밀이 씨방에 묻히는 것"이어서 아이는 '기형'의 상처를 필사적으로 육화함으로써 자신만의 '씨방'을 갖게 된다. 이렇게 보면, 새로운 생명을 잉태하고 출생케 하는 모성의 능력은 어머니만의 특별한 자질이 아니라, 각각의 생명체 자체가 내장하고 있는 고유한 본성이라고 할 수 있다. '기형'을 불사하면서라도 새로운 씨방을 키워 내고 있는, 더 정확히는 스스로 단단한 씨방이 되어 자라고 있는 아이는 아파트 등나무 숲과 까치와 지하철 승객 들과 같은 혈통을 지닌 동족이다. 이들은 한결같이 다른 존재나 자기 자신에게 생명력을 불어 넣는 중에 있다. 이들이 모여 우리의 세계와 삶을 이루고 있는 것이다.

그리하여 첫 시집 『아주 붉은 현기증』에서 천수호는 복잡하게 굽은 이 세상의 모든 길들이 어떤 형태로든 생명이 흐르는 길이라는 점을 조용히 역설(力說)한다. 모성이 특수한 자질이 아니라 모든 생명체의 자생적인 능력이자 이타적 본성이라는 것을 천수호는 은연중에 강조한다. 이 점은 천수호가 오랜 시간에 걸쳐 스스로 이룩한 시적 발견에 해당하는 것이다. 말하자면 천수호의 시들은 현대사회의 '생명(존재)의 생태학'을 염두에 두고 쓴 것이라고 할 수 있다. 그 생태학의 주체는 천수호 시의 실질적 주어인 '몸'이다. 이를 증명하듯, 천수호가 도심과 고향, 사하라사막과 아틀라스산맥의 오지와 이름 모를 저수지 등을 넘나들며 지나온 삶의 길들은 어김없이 그녀의 '몸'에 흘러들어 쌓인다. 더 정확히는 그녀의 '몸'의 일부분이 된다.

아틀라스산맥의 우카이마단 마을 사람들이 집을 지을 때 쓰는 돌인 '에주룩'에 천수호가 각별히 매료된 것은 '주룩주룩'과 흡사한 '에주룩'의 어감이 돌을 '흘러드는' 것으로 느끼게 만들기 때문이다. 흘러드는 돌은, 지금까지 지나온 모든 길들이 흘러들어 쌓인 '몸'의 과거를 짐작하게 하면서 미래 또한 감지하게 한다. 즉 몸은 세상의 다른 몸(들)에 흘러들어 쌓이는 길/돌이 될 것이다. 「저수지 속으로 난 길」에서 천수호는 몸에 쌓인 '길'과 '돌'이 다르면서도 같은 이형 동질의 존재임을 분명히 밝힌다. 천수호의 시 문법에서는, 몸속으로 하나의 길이 흘러든다는 것은 몸속에 돌이 하나 떨어지는 것과 같다.

흙의 주먹 에주룩이 쌓은
움츠린 두꺼비도 기어들어 가는 붉은 집채들
언덕에서 내려다보면 이내 흙과 뒤섞여 버린다

겨울 두꺼비 땅속으로 파고들듯
헌 집 새집 가리는 내 몸집도 지금
흙으로 주룩주룩 흘러드는 중이다

—「에주룩」 부분

떡갈나무 갈참나무 졸참나무가 뒤섞여 길을 이루고 있다
떨어진 잎들이 제 이름을 찾지 못한 채 저수지로 흘러든다
길을 끊는 저수지에 나는 다시 돌을 던진다 온몸으로 돌을
받는 저수지, 내 몸속으로 돌이 하나 떨어진다

—「저수지 속으로 난 길」 부분

흐르는 '길'과 응고된 '돌', 열려 있는 '길'과 부동(不動)하는 '돌', 외부 지향적인 '길'과 내부 지향적인 '돌'의 이 오묘한 호환 관계를 무엇이라 부르면 좋을까. '길'과 '돌'을 한꺼번에 품고 있는 '몸'이야말로 둘의 호환 관계를 가능하게 하는 동력이라는 점은 일단 분명해 보인다. 천수호의 시가 이 둘 사이에서 흔들리며 곧 만개하게 될 "들썩거리는 봄 씨앗"이라는 점도 명기해 둘 수 있겠다. '길'과 '돌'을 몸에 육화한 '씨앗'이 만들어 낼, 곧 도래할 미지의 풍성하고 드넓은 숲과 그늘을 기대해도 좋겠다. 그 숲과 그늘은 한없이 고적하고 깊은 세계일 수도 있겠다. 천수호가 그린 풍경들을 참조하면, '길'과 '돌'이 하나가 되는 지점에는 가령 '외딴집'과 "외딴보다 한 굽이 더 돌아가는 나"의 "홀로 캄캄

하고 홀로 다 보이지 않는" 세상이 있다.

> 외딴, 이라는 말이 따돌린
> 그 언덕은 참 또박하여 절대 흐린 날이 없다
> 절대 어둔 날도 없다
> 오도카니 그 모습 다 드러내거나
> 제 속 환히 들키는 불빛 품은 말
> 외딴보다 한 굽이 더 돌아가는 나는
> 홀로 캄캄하고 홀로 다 보이지 않는다
> ──「외딴집」부분

어쩌면 천수호는 "외딴, 이라는 말이 따돌린", 외딴보다 더 외딴 세계를 있는 그대로 노래하기 위해 시인이 된 것인지도 모른다. "외딴보다 한 굽이 더 돌아가는 나"는, 천수호의 단정한 첫 시집이 타자와 세계를 향한 부지런한 걸음들로 가득해지기까지 그 최초의 출발점이라고 할 수 있다. 그러니 천수호를 통해 외딴보다 더 외딴 것들이 비로소 형체와 이름을 얻게 되기를, 천수호가 "오도카니 그 모습 다 드러"낼 수 있기를 바랄 일이다. 그 적막하고도 따뜻한 축복의 몫을 천수호가 기꺼이 자임하고 있으니, 그녀에 대한 믿음은 이제 우리의 몫이다.

천수호

1964년 경북 경산에서 태어났다.
명지대 박사과정을 수료했으며 2003년《조선일보》신춘문예로 등단했다.
2007년 문예진흥원 창작기금 및 신진예술가 지원금을 받았다.

아주 붉은 현기증

1판 1쇄 펴냄 2009년 3월 30일
1판 2쇄 펴냄 2009년 5월 18일

지은이 · 천수호
발행인 · 박근섭, 박상준
편집인 · 장은수
펴낸곳 · ㈜민음사

출판 등록 1966. 5. 19. 제16-490호
서울시 강남구 신사동 506번지 강남출판문화센터 5층 (우)135-887
대표전화 515-2000 / 팩시밀리 515-2007
www.minumsa.com

ISBN 978-89-374-0770-3 (03810)